둘레길

황금알 시인선 119

# 둘레길

초판발행일 | 2015년 12월 24일

지은이 | 이성률
펴낸곳 | 도서출판 황금알
펴낸이 | 金永馥
선정위원 | 김영승 · 마종기 · 유안진 · 이수익
주 간 | 김영탁
편집실장 | 조경숙
표지디자인 | 칼라박스
주소 | 03088 서울시 종로구 이화장2길 29-3, 104호(동숭동, 청기와빌라2차)
물류센타(직송 · 반품) | 100-272 서울시 중구 필동2가 124-6 1F
전 화 | 02)2275-9171
팩 스 | 02)2275-9172
이메일 | tibet21@hanmail.net
홈페이지 | http://goldegg21.com
출판등록 | 2003년 03월 26일(제300-2003-230호)

ISBN 979-11-86547-21-2-03810

*이 책은 2015년 인천문화재단과 한국문화예술위원회 지역협력형사업으로 선정
 되어 제작되었습니다.
*이 도서의 국립중앙도서관 출판예정도서목록(CIP)은 서지정보유통지원시스템
 홈페이지(http://seoji.nl.go.kr)와 국가자료공동목록시스템(http://www.nl.
 go.kr/kolisnet)에서 이용하실 수 있습니다.(CIP제어번호: CIP2015031664)

# 둘레길

이성률 시집

황금알

징검돌 하나

더 놓았다.

갈 길이 멀다.

# 차 례

## 1부

## 2부

## 3부

# 4부

## 5부

1부

# 발칙한 아침

횡단보도 향해 가는 미니스커트
뒤따라오는 바지들 향해
보일락말락 말하네요.

중요한 건 얼마만큼 배려하느냐죠.
치마는 바지에게 바지는 치마에게
얼마나 너그러울 수 있느냐죠.
인색은 헤픈 노출보다 저질이거든요.
에로틱한 비밀 몇 개쯤은
뚜벅뚜벅 거느리고 사세요.
몸에게도 절친은 있어야 하잖아요.
때가 되면 무엇이든 발가벗기고요.
진실과 알몸으로 마주하는 건
언제든 절정에 이를 수 있으니까요.
고백은 비칠 듯 말 듯
마음의 준비 할 때까지
감질나는 전희 필요하고요.
뭐니 뭐니 해도 미니스커트의 묘미는
가려서 보이는 게 무엇이냐죠.

내가 보이고 싶은 건 21세기의 가식
눈요기가 되지 않는 도덕이에요.
길 건너편의 보톡스는 알 거예요.
그 곁에서 나란히 핫팬츠 입은
세운 코와 깎은 턱이 미소 짓네요.
신호등이 빗장을 푸는 순간
앗! 하이힐이 균형을 잃고
두 발이 벌렁 V 하네요.
오늘은 내 배려 심심찮네요.

# 광어

내가 먹는 것은 회가 아니라
한 끼니의 분위기라 생각한 적 있습니다.
자연산 웰빙이요 회칼의 과학
바닷가 낭만이라 생각한 적 있습니다.
광어 입장에선
남자가 여자를 따먹는다는 말
누가 누구를 발가벗겼다는 말처럼
자존심 상할 일입니다.
광어와 난 몸 대 몸
목숨과 목숨입니다.
끈질기게 매달려 온 삶 같고
비워 줘야 할 시간 다를 바 없는
나도 광어에겐 지느러미 넷 달린 몸입니다.

# 며칠 전에 후려친 뒤통수

도로를 기어가는 굼벵이
뛰어가고 있다는 거 알았을 때
세상 사는 이야기 끼리끼리 나누며
떼 지어 하늘 걷는 새들 보았다.
이 땅을 자유롭게 날아다니는
길 위의 사람들 보았다.

나는 나인 내가
내가 나인 나는 아니었다.
네가 흘린 눈물 내가 흘릴 리 없고
내 삶은 특별할 거라 믿은 내가
네가 내가 한 우물이었다.

며칠 전에 후려친 네 뒤통수
내 뒤통수였다.

# 완전 범죄

CGV 6관 저녁 6시
바깥세상 걸어 잠그고
살인을 목격한다.
몇 개의 단서 담담히 주워들고
추적추적 내리는 비
다음 범행 장소로 이동한다.
기대만큼 연거푸 일어나는 살인
오징어를 뜯고 팝콘 흘리며
질겅질겅 살인을 추억한다.
악역이든 공범이든 우린
폼 나게 캐스팅되고 싶다.
스릴과 서스펜스 스펙터클하게
한 세상 휘젓고 싶다.
관건은 알리바이의 치밀함
조작의 필요성 끄덕끄덕하며
주연 배우 따라 하나둘
치마를 올린다 혁대를 푼다.
알몸의 클라이맥스 베드신이다.
아랫도리 야릇한 조명 아래

무장 해제된 욕망의 도가니
막이 내리고 주섬주섬
비상구로 빠져나가는 증거 인멸.

# 귀로 눈뜨는 시간

샤워를 하다 문득
몸에 붙어 있는 귀가 아니라
귀에 붙어 있는 몸을 본다.
오래도록 귀에게 귀 기울여 온 몸
그런데도 화장할 때마다
눈 코 입 머리 이어지도록
이목구비의 맏이이면서
눈길 받지 못하는
하루에도 열댓 번씩
얼굴과 뒤태와 앞태
무탈한지 거울에게 묻는 동안
양말로 위장한 발바닥의 각질처럼
일상의 이중 플레이처럼
신경 쓰지 않는 귀
이른 새벽 골목의 미화원이나
대기업의 하청 근로자 같은
사랑을 잃은 너.

차별이 내 안에 있었다.

# 물소

너를 보면서 우린
핸드백이나 지갑 떠올리는 동안
너는 두 발로 서 있는 우리
못내 안쓰러워한다.
허리께에서 마냥 들떠 있는
나머지 두 발 불안스레 바라본다.
늘 위태로운 길 걸어야 하는 비극
홀로서기에 있음을 아는 것이다.
그 위태로움 얼마나 한 것인지
짝 잃어 본 사람은 안다.
뒤뚱뒤뚱 걸음마 뗄 때부터
대지의 품에서 달아난 손
얼마나 많은 탐욕인지
번번이 발목 잡힌 발은 안다.

한때 손에 쥔 것 없어 자유로웠던 길
거실의 손녀가 뿔뿔뿔 기어온다
나도 물소처럼 네 발로 앉아
기어오는 아기물소 뿔뿔뿔 맞는다.

## 것에 대하여

산길을 걷다
주위의 나무들을 본다는 것

내게도 두 팔의 가지가 있고
무성한 새순
푸르른 말들이 돋아난다는 것

그렇게 뿌리내리고 한 생애
내 몫의 경전 읽는다는 것

한 그루 나무 되어
만나는 이들마다 한 움큼
열매 나눠 준다는 것
나도 아낌없이 주는 나무라는 것

# 전등사 통신

머리맡에서 윙윙거리는 모기
헌혈 좀 해 달라 보챈다.
말없이 뒷덜미 노리지 않고
고 쪼그만 것이 기특하다.
나무아미타불 통보를 한다.

여름 한철 끼니 해결하러
무단 침입한 생계형 범죄
동승은 허연 볼기짝
새근새근 눈감아 주고
풍경에 매달린 댓잎 바람
오락가락 맘 졸일 때
노스님 기어코 죄를 묻는다.
촘촘하게 펼친 네모난 경전
모기장 밖으로 추방한다.

# 둘레길


마음밭 한 뙈기 정리하고 싶어 오른 산
사람들에게 내준 길이 부르터 있다.
더 낮추려고 해마다 몸피 줄여 온
산에게 기별 없이 찾아온 게 미안할 즈음
해진 살 가지런히 입혀 아물게 하는
여린 낙엽들 보인다.
낙엽 속에서 바스락거리는 노동의 수고
미처 치유의 몸짓 읽지 못한 나는
날 세운 등산화의 행렬에 섞여
정리 해고 통보 받아든 순간처럼
한동안 길을 잃는다.
밀려오는 부끄러움의 멀미
툭 투둑 꺾이는 숲의 관절 소리 들리고
온 산 가득 번진 단풍
숲의 생리혈인 줄 이제야 알겠다.
생각이 노랗고 붉게 무르익어
지상에 화두 내려놓을 때까지
묵묵히 동안거 준비하는 산을 알겠다.

산봉우리에서 뭉게뭉게 유영하는 흰 고래 한 마리
나는 그 아래서 다랑어 되어
지느러미 살랑이며 산을 배웅한다.
분주히 올라오는 등산복들 사이로
한 해 더 늙어가는
가을이 수척하다.

# 다이어트

당신이 다이어트에 목매는 동안
뚱뚱한 나무 한 그루 생각했습니다.
축 처진 젖 펑퍼짐한 엉덩이
흘러내리는 뱃살, 고목이 된
팔순 어머니 떠올렸습니다.
쾌적한 21℃ 러닝머신 위에서
당신이 폼 나게 달아나는 동안
다리 한 짝씩 끙끙 계단 옮기는
어머니의 늙은 하루 생각했습니다.
성큼성큼 내딛던 지난날의 기억
어머니의 발은 얼마나 서글플까요.
버선처럼 편안하고 친근했던 땅
걸핏하면 주저앉히는 사레들린 길이라니요.
다이어트라곤 줄인 잠과 가난뿐인
어머니의 빛나는 숨결
가르랑가르랑 생의 보릿고개 넘어가네요.
살아생전 몇 번이나 갈지 모를
동사무소 앞을 지나 아장아장
마지막 길 뉘엿뉘엿 터주느라

한기 송골송골한 골방 가네요.

이제 당신 그만
내려오라는 말 하지는 않을게요.
다만 어머니야말로 에스라인 아닌지요.

# 네 아픔 깊숙이

많이 아팠다는 네 눈
참 맑다. 정작 아픈 것은
함부로 굴린 시간이었다고
창백하게 꺼내 놓은 말
오랜만에 넉넉해 보인다.
곁에 있는 것 무엇이나
소중히 바라보는
네 아픔 속에
나도 있을 걸 그랬다.

2부

# 삶이 삐걱거릴 때

일 년에 십만 원인 주말농장
씨앗 뿌리고 수확하듯
이 세상에 임대 아닌 것 없다.
직장을 임대하고 이웃 임대해서
한평생 품앗이하고 소출하는
나이만큼 빌려 쓴 몸 그렇고
한때 임대하는 사랑 그렇다.

올려주는 임대료 없이
두 발 딛고 선 지구처럼
고맙고 미안한 삶
전에 없이 삐걱거리고 흔들릴 때
임대한 지 수십 년 된 일상
여행지에서 찬찬히 펼쳐 본다.
움켜쥔 것 핏대 세우고
주인 노릇 하는 나 없는지
이 땅을 잘 살다 간 세입자들
푸르게 수레국화로 피어 있는
오솔길을 걷는다.
마음의 민낯 노을에 물들인다.

# 그곳에 가면

그곳에 가면
스님 목사님 있는데
스님은 찬송가 부르고
목사님은 금강경 읽는다.
스님에겐 장발인 아들 하나
목사님은 홀숫날 엄마가 된다.

마음의 귀 열면
민들레 한 송이에도
피어 있는 경전의 말씀
뒷짐 지고 마당 거니는 암탉
연신 고개 끄덕거리고
대문 곁 또 다른 신자
누렁이는 목하 묵언 수행 중.

# 꿈꾸는 뼈

자정이 되기 전 우린 몸을 눕히지.
거대한 매머드 고층 아파트
뼈대 사이에 뼈를 포개지.
더러 침실의 아내나 남편은
층층이 부재중
오늘도 불면의 밤 안녕하시지.
아래층의 네 얼굴 위에
위층의 내 뒤통수 마주하고
밤새 뒤척이는 것은
너와 나의 후체위 때문
그래 우린 거리에서도
사무실에서도 배꼽 맞추려
서로를 탐색하지.

도란도란 군불 지펴 놓고
나란히 누워 자던 그 옛날의 흙집
되돌리는 것은 문명의 수치
그래 우린 어제처럼 내일도
무너진 바벨탑의 꿈

랜드마크로 쌓아 올리지.
초고층 기록 무럭무럭
키 작은 사생아 달동네를 낳지.
호랑이는 죽어서 평화를 남기고
인간은 죽어서 뼈를 남기지.

# 조문

아침이다. 네가 오고 간
특별할 것 없는 꼬리물기 출퇴근길
거리의 천막 농성 팽목항도 아침이다.
허기진 목숨 부둥켜안고 노숙하는
8도의 고향 사람들
그 곁을 바삐 지나가는
하품하는 신발들도 아침이고
병원 24시나 동행에 나오는
곳곳이 눈물범벅인 이 땅의 이웃들
밤마다 재생되는 사건 사고 들
휴전선의 철조망도 아침이다.

미안하구나. 조문은 못 하겠구나.
우린 내일도 모레도
그저 그렇게 맞을 식상한 아침
너는 훌훌 벗어난 것을
너는 정리하고 가는 죄
우린 더 지어야 하는 것을
조문은 네가 해야 되지 않겠는가.

# 오징어

다리 떼어 내고 먹기 좋게 뜯으면서
우린 네 육신을 언급하지 않는다.
북북 찢어 포개 놓은 것
만 원치곤 부실한 안주이지
네가 부지하고 싶었던 목숨 아니다.

오지게 누리지 못한 바다의 속살
클릭하고 싶은 것 많았으리라.
한땀 한땀 채워 온 등 푸른 길
한 줌 유골로 마감한 옆집 새댁처럼
네 목숨 뜨거웠으리라.

알고 보면 산 자들보다
죽은 자들의 몫이 더 많은 세상
누군가 이 사이에 낀 네 묵언
말없이 혀끝으로 읽는다.
너의 마지막 공양 알아챈 누군
뒤늦게 캑캑거린다.

# 망각

비가 그쳤습니다.
서둘러 물러간 것을 보니
선약이 있었나 봅니다.

다음에 올 비 오늘 그친 비일지
새 비일지 모르지만
늘 같은 얼굴의 비면 좋겠습니다.
작고한 아버지 할아버지 맞고
천안함 세월호에도 내리던 비
동학년의 고향 사람들
한산섬의 이순신 어깨에도 내리던
그 비였으면 합니다.
마음이 가물어 해이해지면
한 번씩 톡톡 이마 두드려
지난 일들 망각하지 않게.

# 허물벗기

그대와 나 국적과 계층이 달라도
하루에 한 번 혹은 두세 번
엉덩이 까고 볼일 볼 때
나란히 분만의 등불 켤 때
그대와 나 하나 되네.
그대가 날 위해 코스타리카에서
혹은 에티오피아의 하늘 아래서
깍두기 마련하고 겉절이 할 순 없지만
내가 그대 위해 한 냄비의 위로
밤참이 될 순 없지만
우리가 바라는 속 시원한 세상
발가벗은 연대에 있네.
알몸으로 노는 냇가의 아이들
그곳에 답이 있었네.

똑 똑 똑
또 한 사람
옆 칸에 둥지를 트네.

# 몸이 전하는 말

누리고 살아온 날들
얼마나 소중한 시간이었는지
몸은 일찍 알았던 모양입니다.
더는 손쓸 틈 없이
알뜰하게 부려 온 노구
이제야 중환자실에 누워
곤한 잠 자고 있습니다.

몸이 일궈 내는 땀 얄보며
알량한 머리 굴려 온 삶
내 머리는 지금 근신 중입니다.
오랫동안 객지 까불다 와
몸에 뿌리내리는 중입니다.

일일이 편지 보내지 못합니다.
그대들 다만 천천히 아주 천천히
몸으로 머물다 오라는 말
뚜 뚜 뚜 전합니다.

# 또 골치

매번 해답 찾으려 끙끙거렸다.
나는 이 땅의 답 아니라는 생각
꾸역꾸역 술잔에 털어 넣으면
얼마간의 허기 얌전했으나
따지고 보면 살아온 날 태반
반환점 없는 골치의 연속이었다.
늘어진 개 팔자 부러워하다
꼬리 내리고 돌아가신 고모부
뒤늦게 이해되는 구석 많았다.

짖는다고 눈 내리깔지 않는 골머리
오늘 밤엔 나란히 이불 덮고
보리수 아래 부처 닮은
내준 자리 마음에 드나 보다.
이 땅의 골치 화성에선
소꿉놀이에 지나지 않을 일
잠 청하는데 옆방에서 뒤척이는
고시원에 똬리 튼 골치.

# 뒤늦은 만남

색상과 디자인 까다롭게 골라 입어도
일평생 두르고 사는 것 한 벌의 몸인 것을
너를 위해 오붓하게 다닌 적 별로 없었다.
한 달에 두어 번 목욕탕에 가 씻기고
달라진 치수 저울로 확인했을 뿐
스카프를 두르고 향수를 뿌린 것
언제나 넌 들러리였다.
종로로 명동으로 또각또각 신경 쓰고 다닌 것
네가 아니라 남들 눈이었다.

돌이켜보면
네 목소리에 귀 기울인 적
앓아누웠을 때였을까
한 달에 한 번 쏟아낸 생리
너의 울음인 줄 몰랐다.

머잖아 우리 이별할 때
나는 무슨 조사 해야 할지
나이만큼 해지고 보풀 무성한 밤

이제야 너와 함께 틀니를 하고
낙엽 지고 바람 부는 빈방에 누워
밤늦도록 욱신거리는 네 얘기 듣는다.

# 고백

미안하다.
너 없이 못 산다는 말
죽도록 사랑한다는 말
다른 여자들에게 돌려먹은 말이다.
그런 줄 알면 좋겠다.
사랑도 CD처럼 포맷 가능한 것을
언제든 설설 끓는 뚝배기인 것을
세월인들 어쩌랴.

이참엔 네가 떠난다니
모처럼 잘 생각했다.
편식은 무엇이나 해로운 법
한 가지 사랑만 해서야 쓰겠는가.
남은 세월 주름질수록
사랑보다 더한 만찬 있겠는가.

부디 잘 가
업그레이드된 사랑
달콤하게 하시라.

# 사랑


그대가 좋아하는 나
실은 펭귄이다.

처음부터 왜 말하지 않았느냐고
술잔 내려치지 마라.
이제껏 그대가 보아 온 거
펭귄 맞으니까.

난 너무 변했다는 말
넌 변하지 않은 것처럼 말하지 마라.
그러잖아도 내 삶 충분히 콜록거렸다.
그대와 나란히 걸어도 뒤뚱거렸다.

그런 줄 알면 좋겠다.
물론
바다표범인 줄 아는 당신
물개여도 상관없다.

# 여자인 한 젊다

누군가 내 집에 전화 걸면
당분간 오랜 침묵 수신해야 한다.
간간이 들렸을 소문과 알리바이
부재중인 진상 듣고 싶다면
당신도 나만큼 인내해야 한다.
섣부른 판단 유보한 채
밤늦게 울리는 아내의 휴대폰
눈감아 줄 수 있어야 한다. ˙

요즘 아내는
뒤늦은 인연 만나 당혹스럽다.
여자인 한 소녀일 수밖에 없는 아내
갈림길에 서 있는 것이다.
밤하늘에 떠도는 별보다 많은 소문
아내의 것만 용서 못 할 일 무엇이리
시험에 든 것은 아내가 아니라 나다.

3 부

# 함께하는 날들

네가 말할 때보다 침묵할 때
너에게 더 귀 기울인다.
이불 밖으로 나온 맨발에서
부르튼 어머니의 말씀
더 많이 읽은 것처럼
도리어 네 말 잘 들린다.
바람도 네 침묵에 귀를 여는
공원의 여름밤이 차분하다.
귀가 있어서 흘려들은 말
그간 얼마나 상처로 가득할지
한 걸음 말이 비켜 있는 동안
야위어 가는 얼굴에 드리운
생활의 고달픈 그림자
언제고 눈여겨보았을까 싶은
보랏빛 저음의 네 숨결
미안하다, 너에 대해
잘 안다고 생각했던 것
함부로 너에게 꽂은 화살이었다.

# 사랑합니다

아무렇게나 누른 전화기 들고
당신을 사랑합니다 하면
당신도 사랑한다고 해줄 수 있나요
따지고 보면 모두가 인연의 끈 닿는 우리
아픔 많은 사람들 아니냐며
친구가 되어 줄 수 있나요

알고 보면 착한 구석 많은 당신
당신 사랑은 유통 기한 지나지 않았나요
그래도 이 세상엔 우리 편 많다고
떠나간 사랑 출가시켰다 생각하라며
남은 시간 위로해 줄 수 있나요
수익률 곰곰이 따져 보면
사는 거만큼 괜찮은 펀드 어딨냐며
하이파이브해 줄 수 있나요

어느 때고 머뭇거리는 전화 오면
당신이 내밀어 준 손 기억할게요
기꺼이 내 오른손 내어줄게요

# 꿈꾸는 밤

차라리 밤이면 좋겠습니다.
보여서 해로운 것 많은 세상
얼짱도 몸짱도 개소리 되는
깜깜한 밤이면 좋겠습니다.
조심스럽게 길 가다
어둠 속에서 반짝이는 말들
반갑게 인사 나누다
네 젖가슴 내 엉덩이
더듬더듬 서로를 읽어 가다
만져지는 모든 것
사연이 되고 빛이 되는
칠흑 같은 밤
맘만이 환한 밤이면 좋겠습니다.

# 휘파람

17층 베란다에서 듣는
놀이터 꼬마들의 재잘거림
새소리다.

내게서도 새소리 날 때 있었다.
서쪽 하늘로 돋는 날개
어깻죽지 펼쳐 들고
기러기 되어 날아갈 때 있었다.
그때의 내 부리는 비만이 아니었다.
내 것이 아닌 말 콕콕
쪼지 않아 넉넉한 지저귐이었다.

어느 날 문득
하늘이 그리운 것은 그래서다.
기억의 한 조각 여전히 끼룩거려
휘파람 불며 서성이는 게다.

# 비정규직

술 먹지 않아도 휘청거렸다.
멀쩡한 길 가다 보면 어느 사이
오지 말았어야 할 길이기 일쑤
믿는 구석도 알고 보면 진상이었다.
이젠 알겠다. 유치원부터 메준 가방
일찌감치 훈련 시킨 짐인 줄.

앞길에 놓인 잔 생각보다 독하다.
까닭 없이 뒤통수 맞을 일 많고
마른하늘에도 흠뻑 비에 젖는다.
술잔끼리 거나하게 위로를 들이켜고
오래전에 폐업한 청춘
주점이나 노래방에서 뒤적이다
사는 게 메슥거려 신물이 난다.
언젠간 내 삶 얼큰히 해장되겠지
웅크리고 뒤척이는 밤
21세기를 터벅터벅 걸어오는
자식들의 슬픈 발굽 소리 들린다.

# 그러면 좋겠다

낯익은 사랑이 아니면 좋겠다.
더듬이 걸쳐 놓고 느끼는 대로
너는 나를 읽고 나는 너를 읽고.

읽다 보면 간혹
찢어진 페이지 있을 것이다.
대신 채워 주고 싶은 유혹
군데군데 눈에 띌 것이다.
그렇더라도 집착 말자
사랑보다 앞서
너는 너다워야 할 일.

더러는 마음의 행간 잘못 읽고
덜그럭덜그럭 두어 해
낯선 시간 배회하다 와도
푹 삭힌 홍어처럼
온몸 찡하게 하는 사람 되자.

# 이웃집 노인

등짝에 수거용 스티커 붙이고
골목에 버려진 3인용 소파
툭툭 투두둑 빗방울 떨어지자
물소 가죽 목을 축인다.
죽어서도 땅을 밟지 못하는
박물관의 미라처럼
때론 죽는다는 게
산 자들의 노리개 되는 일.

골목의 실바람 향불로 피어오르고
한 상 가득 차려지는 비의 제상
뒤늦게 알아차린 누렁이
오던 길 돌아가고
일평생 누군가의 표적 되다
죽어서도 평화를 되새김질 못 하는
순한 주검의 흠향.
가족 곁에 눕고 싶은데
트럭 다가와 조준을 한다.
탕!

트럭 안의 스티커 붙인 가죽 소파들
웅크린 살 겹겹이 목숨이다.

안락한 등받이 역할 해내고
가족으로부터 분리 수거된
연립 주택 골방의 이웃집 노인
가택 연금 창문으로 추적추적
물소 한 무리 배웅을 한다.

# 옆집 여자

추적추적 자정 넘어가는
옆집 여자의 흐느낌 소리.

그녀의 눈물 속엔
사랑도 어쩌지 못하는 가난
비정규직이 헤집어 놓은
단칸 셋방 구석구석
으깨진 단꿈 있다.
활짝 핀 천장의 곰팡이
꽃인 줄 아는 어린 자식들
뒤뚱뒤뚱 허기부터 입혀야 하는
삼십 중반의 주부 있다.

나는 아내 곁에 누워
옆집 여자 꼬옥 안는다.
눈물 질끈 동여매라며
토닥토닥 등 어루만진다.

# 고해성사

8만 원짜리 코스 요리 먹고 와
뒤적이던 신문 기사 한 줄에
된통 뒤통수 맞았습니다.
80원이면 하루 연명하는 아프리카 어린이들
5초에 한 명씩 굶어 죽을 때
3천 명분의 식사 꿀꺽한
오늘 나는 공공의 적입니다.
잘 먹고 잘산다는 것이
얼마나 큰 죄목 달고 사는 일인지
주룩주룩 설사 고해성사하는 동안
아랫도리 내내 주리 틀립니다.
후루룩거린 상어 지느러미 소스
처음 맛본 외할머니 식혜만 못 한데도
슈퍼마켓 출입할 때부터
익숙했던 자본의 놀음
줄곧 편했던 모양입니다.
3천 명의 아이들에게 숟가락 들려주고
머나먼 인천에서 된장에 쌈 싸먹는
그들의 슈바이처 될 수 있었는데 말이지요.

# 기꺼이 입 맞출래

달려오는 기차를 향해
나 돌아갈래 외치는 주인공처럼
박하사탕의 설경구처럼
나 돌아가진 않을래.
가지 않은 길이 이 길보다
덜 덜컹거릴 거라 말하지 않을래.

그때 당신 만나지 않았어도
그때 그 일 아니었어도
내 인생 아팠을 거라 말할래.
제 몫의 고민 누구에게나 있어
사는 동안 치러야 할 고독의 잔
당신 것보다 크다 하지 않을래.

밤늦도록 술집에 앉아 있는 내 그림자
거실에 우두커니 앉아 있는 당신 그림자와
늘어가는 새치 눈가 주름 다를 리 없고
당신의 처진 어깨 돌아누운 등에서도
어렵지 않게 만나는 낯익은 안쓰러움
나, 당신 아픔에 기꺼이 입 맞출래.

# 길 잃은 생각끼리

월미도의 찻집이나 술집에 앉아
때로는 침묵하고 요란한 것은
길 잃은 생각끼리 서로를 위하는 일.
취향이나 습관 나이는 달라도
드러나지 않은 속사정 똑같이 많아
바다의 구름처럼 머리 맞대고
끝내 다녀가지 않을 부귀영화나
더는 오지 않을 사랑 내려놓고
노을 되어 갈매기로 날아오르다
좋았던 시절 끼룩끼룩 그리워하는
우리가 잘산다는 건
잔잔한 음악처럼 어디로나 흘러가
서로의 잔에 위로 채우는 일.

# 아내도 누군가에겐

굽이굽이 지나온 길
연어처럼 거슬러 올라
머무르고 싶은 곳 있다.
한 번은 꼭
만나고 싶은 사람 있다.

돌이켜보면 그대!
내 삶은 그곳에서
둥지를 틀었어야 했다.

마음이 가난한 밤
등 뒤에서 뒤척이는
맨발의 연어 한 마리
누군가에겐 아내도
몹시 그리운 사연일 것이다.

# 불꽃

추위를 피해 불가에 둘러선
새벽 시장의 일용직들
상처가 많은 사람들은
활활 타오르는 불꽃도
손짓인 줄 안다.
소멸을 향해 가는
마지막 뜨거운 몸사위
가만히 귀 기울이면
타닥타닥 건네는 말
어둠처럼 사연이 깊다.
불꽃 속에서 뚝 뚝
부러지는 한 생애 보인다.

한 그루의 삶이
휘어지고 갈라지고
끝내는 베어지기까지
눈물로 가득하지 않은 나이테
어디 있으랴.

# 사랑 전상서

나는 당신께 죄인입니다.
언제나 당신과 빛나고 싶었으나
다짐처럼 빛낼 수 있으리라 믿었지만
봄날의 정원에 내려앉은 나는
잠시 다녀가는 햇살이었습니다.
여름 한철 달아오른 매미였습니다.
시간이 갈수록 바닥을 드러내는 달콤함
당신이 주었던 일상의 밋밋함
실은 간이 잘 배인 평온이었다는 것을
평화의 소중한 삼시세끼였다는 것을
당신이 아파할 땐 왜 몰랐을까요.
돌아볼수록 멀리 온 우리 사랑
운명이라 해도 죄가 잠들지 않는
용서로 출감할 날 언제일지
나는 지조 잃은 무기수입니다.
밤마다 채권 추심하러 오는 하얀 불면
오늘은 소주 한 병에 두부 한 모가
단골손님 다독여 줄지 모르겠습니다.

4부

# 하느님 말씀

버는 돈 적다고 노여워하지 마라.
돈 벌어 오라고 세상에
내놓은 아비 아니니
너는 한 그루 상수리나무
너그러운 이웃이기만 해도 되나니.

# 여름 한철 부쩍 자란 것은

야채도 주인 사랑 받고 자란다는 말에
방학 동안 부지런히 주말농장 오르내린 딸아이
여름 한철 부쩍 자란 것은
따낸 상추 잎에서 흐르는 흰 눈물
미안해 미안해 토닥이는 딸아이였다.
거름 주고 씨앗 뿌린 곳
딸아이 마음밭이었다.

기르는 마음 내주는 마음
일기장에 깨알같이 추수해 놓고
2학기 모종하러 가는
중학교 1학년 딸아이.

# 생각의 태반이 거품

생각의 태반이 거품이다
그러니 난 평생 거품 물고 살아온 셈.
20대 후반에 접어든 소녀시대는
탱탱한 볼기짝이라도 있지
도대체 난 일주일에 한 번씩
분리 수거장에 왜 갔으려나.
금전 거래 없는 하느님한테
내놓으라는 건 왜 그리 많고
생각에 눈멀어 돌아선 것을
사랑은 왜 쥐어짜는가.

자고 나면 심기일전하는
무르익지 않은 생각의 헛바닥
지금 나는 아담과 이브처럼
거시기에 비로소 눈뜬 셈.

# 김치찌개

모임에 나가면 건들거리는 술잔들이
왜 말이 없느냐 한다.
입맛대로 젓가락들이
들었다 놓았다 한다.

내가 말이 없는 것은
묵묵히 수저 들고
아버지는 내 생각만을
나는 아버지 생각만을
찌개 위에 보글보글 끓이며
구수하게 경청했던 대폿집
입영 전야의 기다림처럼
좋아하는 사람에겐
귀가 앞서야 하기 때문.

# 과속

강물에 뿌린 너의 유골
응어리진 것 훌훌 내려놓고
모처럼 한가롭게 떠다닌다.
새집이 맘에 드나 보다.
그간의 거래 끝났으니 몇이나
49재 집들이 다녀갈지 모르겠다.
까악까악 호곡하는 까마귀
누군 사위스러워 구두의 흙
저승 문턱에 서둘러 털어내고
또 누군 휴대폰 폴더 열고
누군 자동차 시동 거는 사이
빠끔빠끔 우릴 보는 유자녀
어린 물고기 닮아 있다.

귀로 내내 시속 120의 우린
누군가를 보낼 시간 이어가고
불쑥 튀어나오는 감시 카메라처럼
간간이 너와의 손익 계산 더듬을
이별이란 기분 따라 취향 따라

제멋대로 입방아에 오르내릴

꼬리표 남기는 일

따져 보면 인연처럼 싱거운 것 없다.

# 더듬이

나날이 무뎌지는 더듬이
외면하고 살 때 많다.
이곳저곳 다니며 볼일 보는 일이
전봇대의 개처럼 영역 표시일 리 없고
내 목을 조이는 것은 넥타이지
손일 리 없다는 변명처럼
다달이 풀 죽는 더듬이
그러려니 하고 살 때 많다.

마흔도 안 된 친구 하관할 때
내 삶이 관에서 깨어나
저벅저벅 걸어 나왔다.
더듬이 드러내고 원 없이 살아야지
나는 무덤을 날아오르는 바람이었다.

그런데도 어쩌면
내 뒷덜미 잡는 것은 세상이지
나일 리 없다며
우겨야 하는지 몰라.

더 살아 봐야 별거 없었다며
친구 만나 뻥쳐야 할지 몰라.

# 갈림길에서

남편이 가출했다.
일용할 양식으로 채워지지 않는
마음의 허기 채우러 떠난 것이다.

잘 가라, 가 버려라.
하숙생처럼 머무를 때 많았던 남편
눈치챘을지 모른다
물어 오지 않으면 묻는 법 없고
잠자리에도 무감각해진 나
우린 뒤늦게 각자의 사랑에 눈뜬 것이다.
구차하게 별거라는 말 하지 말자.
원래 우린 남이었다.
당신과 마주했던 시간들
사는 게 불장난이다.

다만 불편한 것은
오랫동안 익숙했다는 것
있어도 없었던 남편이 가출하고
더러는 대답 없는 초인종 운다는 것

길들여진 발목 한동안 더 갈 것 같다.

# 링

우리 사귀기 시작했을 때
당신은 기교를 몰랐습니다.
나 또한 양파처럼 남자도
요리되는 줄 몰랐습니다.
더러 투덕투덕 잽 오가도
기본에 충실한 우리
사랑은 그래야 했습니다.

이미 프로가 된 당신
링 안의 나보다 관중 의식합니다.
비용 대비 수익 걸핏하면 들먹입니다.
신혼은 일시 복용하는
생의 비아그라였던 셈
대전료 두둑한 상대 만나고 싶어 합니다.

오늘도 자정 넘어
링 밖에 머물러 있는 당신
무슨 요리 준비하면 되나요.
위자료볶음에 연금분할무침

새콤달콤 간 뺄 때까지
당신 등골 빼먹으면 되나요.

# 늪

화려하지도 주목받지도 못한 채
몸의 변방에서 달팽이관 둘러메고
묵묵히 길잡이하는 귀처럼
이 땅의 내 삶이
세상의 환대 받지 못할지라도
친구와 동료 이웃 들
손발 부르튼 시대에게 귀 같기를
일상의 잔주름 내려놓고
귀농 귀촌처럼 바라건만
내 귀는 여우의 귀
자본의 중이염 앓는 중

# 오늘도

나이 먹으면서 챙겨야 하는 것
뱀인데
잃어버린 뱀 챙기지 못하고
챙겨야 한다는 생각만 챙기고

구불구불 떠밀려 온 길
뱀처럼 자유롭지 못하고
납죽 엎드려 눈치 살피는 길
끝내 뱀이 되지 못하고

어느 순간 뱀이었다 싶은 찰나
지나고 보면 도마뱀이었던 것
그리하여 뱀에 치여 살다
쉴 새 없이 날름거려 온 혀
야금야금 나를 잡아먹고
넙죽넙죽 기대를 잡아먹고
챙겨야 하는 것 뱀인데
오늘도 헛물만 챙기고

# 그랬다면 좋았을 것을

마지막까지 오른 산 그대였다면
그대 발부리 완만한 발등 지나
웅숭깊은 계곡 봉긋한 가슴
한결같이 감쌌다면 좋았을 것을

그대에게 봄만 기대한 거 아니었으니
더러 내려오고 싶을 때
한숨 소리 비추지 않았다면
가을 능선 겨울 빙벽에서
머뭇머뭇 뒤돌아보는 모습
들키지 않았다면 좋았을 것을
결국 그대에게 기대한 거 봄이었다.

살면서 번번이 어긋난 길
예식장에 들어서기 전
틀어졌다면 좋았을 것을
결혼 전에 헤어진
여자들만 운 좋았다.

지지리 복 없는 년
그대 말 맞다.

# 바람

당신이 피우는 바람
잠시 다녀가는 돌풍인 줄 안다.
새벽을 뒤척이다
오랜 시간 머뭇거리다
눅눅한 맘 말리러
잠깐 내놓은 몸인 줄 안다.

가끔은 나도
그래 안다.

# 이제라도

아내 손 꼬옥 잡고 자는
나는 사랑을 베푸는 것이 아니다.
책임지겠다는 말 얼마나 무모한지
뒤늦게 용서받고 싶은 것이다.
잠들기 전 오붓한 시간마저
출근을 위해 서둘러 자는 나를
아내는 저평가된 우량주로 알았을 것이다.
하루의 대부분 따로 지내고
남은 날들 주식 투자처럼 빤해도
결혼 생활 손보기 쉽지 않을 것이다.
하이힐 신고 출근하던 꿈 많은 처녀
텅 빈 거실에 중년으로 앉아 있을 때
창밖의 목련 고개 내밀어도
낙엽 지고 눈비 오는 아내의 4월
그나마 어른으로 살아온 지
얼마 안 되었으니 다행스러운 일
이제라도 프러포즈 다시 해야 할 일.

5 부

# 못하겠다 1

도살장에 끌려온 소
부위별로 목숨 내놓을 때
불쌍하다 말하지 못하겠다.
오래 살아남는다 해서
더 행복할 거라곤 말 못하겠다.
네가 되새김질한 세상보다
내가 더 세상을 잘 읽을 거라
차마 말하지 못하겠다.

# 못하겠다 2

하나 남은 이마저 욱신거려
짖지도 물어뜯지도 못하는
늙고 굼뜬 개들보다
내가 더 이 땅을
잘 지켜 왔다 말하지 못하겠다.

나도 한 끼니의 탕이나 전골로
기꺼이 나를 내놓을 수 있을지
차마 말하지 못하겠다.

# 중독

오랜만에 긴장 내려놓은
회식 자리 풀린 다리들이
비틀비틀한 횡단보도 건너간다.
어지럽게 술자리에 남겨 놓은
위하여! 는 더 얼마나
위하여야 모두의 위함 될지
초록 불 건너 빨간 날
점점이 미끼 던져 놓고
월급 쳇바퀴 돌리는
노동은 달콤한 덫.
아침이 되기 전 우린
거실의 소파나 여관이나
침대에 구겨 놓은 몸
넥타이 추스르거나 치마 입혀
서둘러 내놓아야 한다.
부스스한 쓸개 달래며
전선으로 길 떠나야 한다.
기꺼이 다음 술자리 위해
줏대의 탄알 내려놓아야 한다.

# 당신의 십자가

당신이 내 곁에 있어 행복했습니다.
오래도록 가끔은 행복인 줄 몰랐지만
실패의 진창에서 어김없이 기다리던 당신 눈물
나는 왜 다람쥐처럼 바지런히
교만과 욕심과 어리석음의 쳇바퀴 돌았을까요.
당신 앞에 생선을 발라 주고
후식으로 정원 삼아 거니는 공원
치맥 한잔 주고받는 일상이
하느님의 평화라는 것을
중년을 보내고 나는 왜
당신 십자가에 눈뜨는 걸까요.
당신으로 하여 내 삶이
덜 삐걱거렸음을
잔고가 얼마 없는 시간에게
덜컥 멱살 잡혀서야
당신 가슴의 주름 생각하는 걸까요.

# 끝내 날 세우고

점점 줄어드는 잔고처럼
바닥을 드러내는 나이의 잔고 보이네.
주가처럼 오르내린 삶의 굴곡
통장 내역에 있네.

지름길 찾아 헤매 온 길
멀리 돌아온 길이었네.
흩어졌다 모이는 강의 지류처럼
그저 흘렀어야 좋았을 것을
길 위의 풍경 되지 못하고
누군가의 간이역 못 된 길
채움과 비움이 한 물길이었네.
믿어 온 삶 끝내 날 세우고
고백성사 기다리는 길이었네.

# 수술을 앞두고


새로 발견한 목성의 위성
하늘의 진주처럼 탐스럽습니다.
내 삶도 또다시 열리면
참 좋을 것 같은 날에
미처 발견하지 못한 위성들
주변에 있습니다.
진작 알았으면 좋았을 사람들
알고 보면 기대 이상인 사람들
묵묵히 제 궤도 일궈 가고 있습니다.

드넓은 하늘 가득 채운 여백처럼
내 생애의 9할이 여백일지 모릅니다.
그렇더라도 1푼 1리
자전을 멈추지 않으렵니다.

## 인생 2부

한 권의 책을 읽듯이 너는 나를 읽는다.
지난 줄거리 꿰차고 속 편히 앉아
나도 너처럼 나를 읽고 싶다.
앞에 놓인 길 거침없이 넘기고 싶다.
그런데도 난 몇 년째 197쪽 둘째 줄이다.

네가 보기에 빤한 내 삶
따지고 보면 삼류 소설이다.
기억에 없는 페이지 다시 들려줘야 하는
난 벌써 잊히고 있다.
그런데도 머뭇거리고 재는 삶
이쯤에서 일단락 지으면 좋겠다.
아니다 싶으면 휙 집어 던져도 괜찮은
인생의 2부 따로 있으면 좋겠다.

# 예행 연습

당신 떠나 보내는 연습
오늘도 하려네.
우리에게 허락된 하루
새로운 아침에 감사하네.
하루치의 연애 달게 버무리겠네.
가장의 짐 안쓰럽게 지고
묵묵히 출근하는 육십 년 된 당신
머잖아 사별할 날 생각하면
살아온 날들이 진수성찬이었네.
당신 삶 기꺼이 양보하고
하루하루 시들어 가는 날갯죽지
내 짝 되기엔 아까웠네.

내일도 분주할 당신 손
꼬옥 잡고 잠들려네.
내 인생의 비상구 당신이었음을
당신으로 하여 내 인생
빛났음을 고마워하려네.

# 그곳엔 노을이 지지 않는가

한두 시간이면 이 눈
소래포구에 가 닿을까.
무릎을 마주한 어선 두어 척
갯벌에 앉아 머리 흩날리고
협궤 열차 침목마다 싸락싸락
연인들의 가녀린 평화 깃들까.

나란히 지나온 시간 아득히
다리 위에서 길을 잃은 레일
우리 모습일 줄 몰랐다.
나 떠나 만난 사랑
그대 아직 순항 중인가.
그대에게 돛을 펼친 사람
한결같이 펄럭이는가.
가난처럼 어쩌지 못해
오늘도 포구에 정박 중인
남루한 내 그리움.

# 형벌

생각 없이 사는 게 얼마나 부러운 일인지
그대를 보내고 오래도록 알았습니다.
첫사랑은 어머니로 두고
교회는 다니지 말 걸 그랬습니다.
하필이면 그날 우린 벤치에 앉아 있었는지요.
가는 곳마다 벤치와 교회 왜 그리 많은지요.

그대를 떠나게 한 것이 내가 아니라
가난이었음을 누차 다독여 보내도
다짐은 허망한 바람이었습니다.
그대 생각을 일상의 노동에 봉인하고
덤불 무성한 미련 벌초해도
그리움을 눈멀게 할 순 없었습니다.
세월이 말려 주길 내내 앓아야 했습니다.

# 그의 계산법

맨정신엔 손이 떨려 못 잡은 큐대
술 먹으면 삼백도 치고 사백도 치더니
가출한 아내 찾아 소주 마주 놓고
말없이 반병씩 나눠 먹은 이별주
잘살라는 말 해주었다네.

소주로 털어낸 삼 년 안팎
남은 생 묵묵히 호미질하는
등 푸른 칠순 어머니 찾아
사는 게 별거 있나
텃밭의 배추 되고 싶었다네.

고졸에 이혼남은 리모델링 힘든 땅
거리 재고 각도 맞춰도
삑사리 나기 일쑤인 세상
반평생은 한쌈 한쌈
유통 기한 긴 사랑 하고 싶다네.

# 심판

가을걷이 한창인 들녘
알알이 농부들 수고 드러날 때
나는 아직 수확할 것이 없다.
나름 씨 뿌리고
가꿔 왔던 것이
나이만 풍년이다.

과거는 내가 써 온 조서
조목조목 손보고 싶은데
이러다 불쑥
하느님 호명하시면
아직 난
둘러댈 알리바이 흉작이다.

해설

# 빈자(貧者)로서의 '말'과 '귀', 그 생명적
# 성찰의 코드

문 광 영(경인교육대학교 교수 · 문학평론가)

　　이성률은 시와 동화뿐만 아니라 교양도서까지 다채롭게 쓰는 전천후 작가다. 고등학교를 졸업하자 사흘을 굶으면서 고민한 끝에 작가의 삶을 걷기로 결심, 추계예술대학교 문예창작학과에 들어간다. 졸업 후, 2000년 『세기문학』에 시 부문으로 신인상을 받은 그는 본격적인 시인의 길로 나선다. 2008년에는 서울신문 신춘문예 동화 부문에 「꼬르륵」이 당선되면서 시인과 동화작가 사이를 넘나들며 작품 창작에 몰두한다.

　　9권의 저서 가운데 동화집 『엄만 내가 필요해!』는 중국국영출판사와 계약이 완료되어 13억 중국 대륙을 관통할 예정이다. 다양하고 개성 있는 캐릭터들로 설정하는 그의 동화는 사건의 전개가 기발하고 선이 굵고 갈등의 기복이 뚜렷하다. 또한 다른 작품에서 보지 못한 신기한 장면이 연출되어 어린이들을 쉽게 매료시킨다. 특히 평소 시인의 자질에서 오는 치밀한 구성과 감칠맛 나는 언어구사, 톡톡 튀는 판타지로 남다른 문학성을 보여준다.

그러한 작품성 때문에 필자는 동화 「꼬르륵」을 수년간 대학 교재로 사용해 오고 있다.

이성률 작가는 회식 장소에서 자주 막걸리를 찾는다. 그렇다고 막걸리처럼 털털하거나 두루뭉술한 성격은 아니다. 귀공자처럼 생긴 얼굴에 늘 말없이 조용하고 깔끔한 성품, 은유적 농담을 즐긴다.

그의 문학은 늘 낮은 곳이나 구석진 곳에 시선을 두고, 소외당한 계층과 동심을 떠나지 않는다. 첫 시집인 『나는 한 평 남짓의 지구 세입자』에서도 상처받고 소외당한 열악한 사람들에게 밀착하여, 그늘 속에 가려진 에피소드를 살려 정신의 불씨를 지펴나간다. 이가림 시인도 적시했듯이 "인물화만을 고집했던 화가 모딜리아니와 마찬가지로, 인간의 얼굴과 그 마음의 움직임을 그리기 좋아하는 휴머니즘의 초상화가"로서 장인 정신의 혼과 기질을 보여준다.

이번 두 번째 시집에서는 외적 현실보다는 내면화에 보다 밀착하는 듯 보인다. 구도자처럼 살아가는 내면 존재의 깊은 참회나 빈자의 고백적 자화상이 자주 읽히기 때문이다. 시가 곧 사유이고 감성인 바, 줄곧 '시 속에서 말'을 건네면서 화두를 던지고, 자성의 '귀'를 열어 생명적 세계와 소통한다. 사랑의 상실과 회한의 의미, 채움과 비움의 진리, 참회와 깨우침의 지평, 생명적 합치와 관련된 치열한 아포리즘이 그의 이번 시집이다.

## 흘린 '말'과 참회의 '귀', 그 고백적 성찰의 의미

이성률의 시편들에서 "말"과 "귀"라는 시어가 심심찮게 등장한다. 시인으로서 화자는 output인 '말'을 통하여 세상과 소통하고 교섭한다. 주체의 생각이며 감정인 외부 지향적 시상의 코드가 '말'에 있다면, input인 화자의 '귀'는 자아 탐색이나 깨우침 등 고백성사의 내부를 향한 시상의 코드로 작용한다.

소멸을 향해 가는
마지막 뜨거운 몸사위
가만히 귀 기울이면
타닥타닥 건네는 말
어둠처럼 사연이 깊다.
불꽃 속에서 뚝 뚝
부러지는 한 생애 보인다.

한 그루의 삶이
휘어지고 갈라지고
끝내는 베어지기까지
눈물로 가득하지 않은 나이테
어디 있으랴.

－「불꽃」 부분

시 「불꽃」의 단초도 '말 건넴'으로 이루어진다. 추위를 피해 모닥불에 둘러선 새벽시장의 일용직 모습들, 그 가운데 '불꽃'이 활활 타오르고 있다. 화자는 마음의 '귀'를 열고 기울이면, 불꽃의 손짓에서 "타닥타닥 건네는 말"이 있단다. 곧 "뚝 뚝 부러지는 한 생애"인 나무의 삶, 그 "휘어지고 갈라지고/ 끝내는 베어지기까지"의 눈물로 쏟아내는 몸사위와 목소리가 불꽃이라는 것이다. 불꽃이 타면서 '건네는 말' 속에는 일용직이나 우리 인간 군상의 눈물도 숨어 있다. 그러고 보면 나무의 불꽃이나 인간사나 마찬가지다. 생성에서부터 소멸에 이르기까지 불씨처럼 태어나 불꽃처럼 활활 타다가 다시 불씨처럼 꺼져가는 상처와 눈물의 인생사가 우리 아닌가.

시 「함께하는 날들」은 사람과 사람 사이에서 빚어지는 관계인식에서 진정한 소통, 곧 '말, 대화'라는 것의 허상이 무엇인지와 화자의 뉘우침, 참회의식이 깔려 있는 시이다. '귀'와 '눈'은 있되 흘려듣고 넘겨짚어 빚어진 말의 '상처'로 말미암아 단절된 청자와 관계 복원의 소망이 그려진다.

귀가 있어서 흘려들은 말
그간 얼마나 상처로 가득할지
한 걸음 말이 비켜 있는 동안
야위어 가는 얼굴에 드리운
생활의 고달픈 그림자
언제고 눈여겨보았을까 싶은

보랏빛 저음의 네 숨결
미안하다, 너에 대해
잘 안다고 생각했던 것
함부로 너에게 꽂은 화살이었다.

-「함께하는 날들」 부분

눈이 있어도 보지 못함은 마음의 눈을 가지지 못하기 때문이다. 부처의 말씀인 자성自性을 바로 보지 못하기 때문이며, 부처도 우리를 해탈로 인도하지만 내가 알아듣지 못하면, 그것은 귀 있어도 듣지 못함이 아닌가. 화자는 "한 걸음 말이 비켜 있는 동안/ 야위어 가는 얼굴에 드리운/ 생활의 고달픈 그림자"라고 했다. 오히려 눈과 귀의 말이 비켜섰을 때, 곧 허울 좋은 언어를 벗어났을 때 진실을 알았다는 것. 그래서 "너에 대해/ 잘 안다고 생각했던 것/ 함부로 너에게 꽂은 화살"이었다고 참회를 한다. 늘 눈과 귀가 문제다.

문득 예수의 말씀 중에 '눈이 있어도 보지 못하고, 귀가 있어도 듣지 못한다는 말'이 떠오른다. 귀가 있어 흘려들었는데 그게 실수로 이어져 상처가 되었다는 회한의 뉘우침. 진실의 소통이 불가능한 현실적 장애다. 형식에 얽매이면 본질을 보지 못한다. 그저 우리네의 관계란 임기응변식 소통일 뿐이다. 그 형식이란 나의 관점에서 대상을 바라보는 일, 취사선택하여 생각하거나, 대타의식으로 교섭한다는 것. 상대방의 귀에 듣기 좋은 말과

달콤한 말로 체면 차리기에만 급급한 것이 우리의 존재
양태이다.

　　오래도록 귀에게 귀 기울여 온 몸
　　그런데도 화장할 때마다
　　눈 코 입 머리 이어지도록
　　이목구비의 맏이이면서
　　눈길 받지 못하는
　　하루에도 열댓 번씩
　　얼굴과 뒤태와 앞태
　　무탈한지 거울에게 묻는 동안
　　양말로 위장한 발바닥의 각질처럼
　　일상의 이중 플레이처럼
　　신경 쓰지 않는 귀
　　이른 새벽 골목의 미화원이나
　　대기업의 하청 근로자 같은
　　사랑을 잃은 너.

　　차별이 내 안에 있었다.
　　　　　　　　　　　　－「귀로 눈뜨는 시간」 부분


　output으로서의 귀는 "몸에 붙어있는 귀가 아니라/
귀에 붙어있는 몸을 본다"고 했다. "귀를 통하여 마음을
본다"는 것. 서로의 차이를 인정하고 냉철하게 상대방의
마음 바다의 깊이를 헤아린다는 것이 어디 그리 쉬운 일

인가. 그러니 그 귀가 평정심을 갖고 자신은 물론 사람과 사회 현상을 밀도 있게 들여다본다는 것은 불가능하다. 그저 "양말로 위장한 발바닥의 각질처럼" "일상의 이중 플레이처럼" "차별"을 헤아리지 못하는 오류는 늘 "내 안"에서 발견하는 것이다. 차이를 인정하고 진지하게 상대를 들여다보는 눈높이, 그리고 거울처럼 자신을 들여다보는 성찰이 늘 부족한 것이다.

> 화려하지도 주목받지도 못한 채
> 몸의 변방에서 달팽이관 둘러메고
> 묵묵히 길잡이하는 귀처럼
> 이 땅의 내 삶이
> 세상의 환대 받지 못할지라도
> 친구와 동료 이웃 들
> 손발 부르튼 시대에게 귀 같기를
> 일상의 잔주름 내려놓고
> 귀농 귀촌처럼 바라건만
> 내 귀는 여우의 귀
> 자본의 중이염 앓는 중
>
> —「늪」전문

시 「늪」에서 "내 귀는 여우의 귀/ 자본의 중이염 앓는 중"이라고 했다. 화자는 내면이 대타적이고 간사한, 속물적으로 세속화된 병든 자아인 것이다. 그래서 화자 나의 '귀'는 현실과 이상, 존재와 당위 사이에서 간극을 해

소해 나가지 못한다. 불가에서 말하는 '이심전심'은 언어 이전의 세계다. 그래서 영취산에서 마지막 부처의 설법은 연꽃만을 흔들어 보여주었다. '염화미소'라는 '불립문자', 그래서 그의 참회의 시적 언어들은 말보다는 귀, 귀를 넘어서 화두처럼 툭툭 던지는 마음의 언어에 있다.

> 짖지도 물어뜯지도 못하는
> 늙고 굼뜬 개들보다
> 내가 더 이 땅을
> 잘 지켜 왔다 말하지 못하겠다.
>
> 나도 한 끼니의 탕이나 전골로
> 기꺼이 나를 내놓을 수 있을지
>
> — 「못하겠다 2」 부분

> 도살장에 끌려온 소
> 부위별로 목숨 내놓을 때
> 불쌍하다 말하지 못하겠다.
> 오래 살아남는다 해서
> 더 행복할 거라곤 말 못하겠다.
> 네가 되새김질한 세상보다
> 내가 더 세상을 잘 읽을 거라
>
> — 「못하겠다 1」 부분

> 알고 보면 산 자들보다

죽은 자들의 몫이 더 많은 세상
누군가 이 사이에 낀 네 묵언
말없이 혀끝으로 읽는다.
너의 마지막 공양 알아챈 누군
뒤늦게 캑캑거린다.

-「오징어」부분

　위 시편들을 보면 화자의 세계의식이나 연민의 정이 깊게 드러난다. 화자는 "못하겠다"라는 선적 경구의 '말'로 '소'나 '개' '오징어'를 들어 그들의 숭고한 자기희생이나 생의 직분에 비해 충실하지 못한 자아를 꾸짖는다. 나도 개처럼 "한 끼니의 탕이나 전골로/ 기꺼이 나를 내놓을 수 있을지", 그리고 "늙고 굼뜬 개들보다/ 내가 더 이 땅을/ 잘 지켜왔다"고 말할 수 있는지, 또는 도살장에 끌려온 소처럼 "부위별로 목숨"을 내놓을 수 있는지, 혹은 묵언의 오징어처럼 "공양"을 할 수 있는지 성찰의식을 드러낸다. 자본과 권력에 오염된 우리 사회에서 소, 개, 오징어는 정직하고 투명하게 살아가지 못하는 우리 인간 군상들의 거울이다.

8만 원짜리 코스 요리 먹고 와
뒤적이던 신문 기사 한 줄에
된통 뒤통수 맞았습니다.
80원이면 하루 연명하는 아프리카 어린이들

5초에 한 명씩 굶어 죽을 때
3천 명분의 식사 꿀꺽한
오늘 나는 공공의 적입니다.
잘 먹고 잘산다는 것이
얼마나 큰 죄목 달고 사는 일인지
주룩주룩 설사 고해성사하는 동안
아랫도리 내내 주리 틀립니다.
후루룩거린 상어 지느러미 소스
처음 맛본 외할머니 식혜만 못 한데도

-「고해성사」부분

　「고해성사」는 자신이 참회자가 되어 빈자의 아픔을 대
비적으로 드러낸다. '8만 원짜리 코스 요리'를 먹는 자신
과 '80원으로 연명하는 하루살이' 풍경의 엄청난 간극의
인식은 화자 내면의 측은지심의 발로다. 그리고 "후루룩
거린 상어 지느러미 소스/ 처음 맛본 외할머니 식혜만
못 한데"라는 비교적 인식은 빈자로서의 연민의식이다.
그러면서 자신이 "공공의 적"이라는 죄의식, "주룩주룩
설사"와 "아랫도리 내내" 주리 틀림이라는 고해성사는
서글프면서도 재치가 있다. 이러한 시안의 배경에는 무
엇보다 "마음의 귀를 열면/ 민들레 한 송이에도/ 피어
있는 경전의 말씀"(「그곳에 가면」)이 있기 때문이다. 현실
의 비애를 드러내면서도 늘 '마음의 귀'를 여는 성찰의
식, 이상적 가치지향의 세계가 있어 결코 자학스럽지 않

은 것이다.

　　사랑도 어쩌지 못하는 가난
　　비정규직이 헤집어 놓은
　　단칸 셋방 구석구석
　　으깨진 단꿈 있다.
　　활짝 핀 천장의 곰팡이
　　꽃인 줄 아는 어린 자식들
　　뒤뚱뒤뚱 허기부터 입혀야 하는
　　삼십 중반의 주부 있다.

　　나는 아내 곁에 누워
　　옆집 여자 꼬옥 안는다.

　　　　　　　　　　　　－「옆집 여자」 부분

　시 「옆집 여자」에서 밤의 흐느낌을 듣는 것은 마음의
귀다. "활짝 핀 천장의 곰팡이/ 꽃인 줄 아는 어린 자식
들"의 아픈 이미지가 너무 가슴 저리게 다가오고, "나는
아내 곁에 누워/옆집 여자 꼬옥 안는다"에서는 화자의
따스하고 넉넉한 마음이 읽힌다. 우리의 지구촌, 아니
내 주변에는 열악한 환경에서 끼니를 때우지 못하는 사
람, 상처받고 소외당한 사람들이 너무 많다. '아내 곁에
누워서도 옆집 여자 꼬옥 안을 정도로' 연민의 정과 동정
심으로 세상을 품고자 하는 휴머니티의 소중한 생명의
식, 말과 귀를 뛰어 넘는다.

버는 돈 적다고 노여워하지 마라.

돈 벌어 오라고 세상에

내놓은 아비 아니니

너는 한 그루 상수리나무

너그러운 이웃이기만 해도 되나니.

—「하느님 말씀」 전문

　세속화한 인간이 하느님을 세속화시킨다. 세속화란 하느님 이외에 다른 것을 최고의 권위로 삼을 때 성립된다. 오늘날 자본주의사회에서 최고의 권위는 돈이다. 아마도 "하느님과 돈이 싸우면 누가 이길까?" 하고 물으면, 거침없이 "돈이요" 라고 대답할 것이다. 하느님은 돈을 좋아하지 않는다. 속물적 인간들이 돈을 좋아하는 하느님으로 만든 것이다. 그래서 화자는 "돈 벌어 오라고 세상에/ 내놓은" 것이 결코 아니라고, 물질만능주의에 세속화된 오늘의 현실을 고발한다.

　산은 크고 잘 생긴 나무들이나 한 종류의 나무만으로 산을 이루는 것이 아니다. 산이 아름다운 것은 작은 나무, 못생긴 나무, 그리고 서로 다른 다양한 나무들이 함께 어울려 수풀을 이루기 때문이다. 그래서 화자는 "너는 한 그루 상수리나무/ 너그러운 이웃이기만 해도" 된다는 소박한 삶의 진리를 터득한다. 천지운행의 도를 따르는 본래적 인간, 삶의 지혜와 성찰은 낮은 곳을 바라보는 인간의 마음에 있는 것이고, 자연의 섭리 속에 있음을 간파한다.

## 빈자의 사유, 원융회통의 생명적 상상력

이제 지천명을 넘어선 시인의 말과 귀를 뛰어넘는 웅숭깊은 세상 바라보기의 울림들은 빈자貧者의 사유로 완숙한 생명력을 보여준다. 가난하고 배고픈 소크라테스가 된 화자, 끊임없이 비움과 채움의 강물로 이어지는 생명적 시선은 몸과 마음이 투명하게 맑아지기를 바라는 시인 자신의 치열한 고뇌요, 삶의 애증이다.

> 지름길 찾아 헤매 온 길
> 멀리 돌아온 길이었네.
> 흩어졌다 모이는 강의 지류처럼
> 그저 흘렀어야 좋았을 것을
> 길 위의 풍경 되지 못하고
> 누군가의 간이역 못 된 길
> 채움과 비움이 한 물길이었네.
> 믿어 온 삶 끝내 날 세우고
> 고백성사 기다리는 길이었네.
>
> ―「끝내 날 세우고」 부분

그의 지나온 삶이란 늘 상처와 회한의 연속으로 '고백

성사'의 길이다. 곧 "주가처럼 오르내린 삶의 굴곡"이 있어 "채움과 비움의 한 물길"을 거슬러 회한의 심정을 토로하는 자아의 실존적 고백은 원융회통의 상상력에 있다. '강'과 '물길'로 비유된 작가의 회통은 바다로 흐르고 흘러 역동적으로 숨을 쉰다. 보이지 않는 현빈의 도道가 살아있는 "채움과 비움"의 연속인 것이 그의 삶이다. 그래서 그의 시편은 하나의 깨우침의 언술이요, 독백적 참회라는 것이 실감 나게 다가온다. 그래서일까. 그의 시는 자연과 사물, 인간에 대한 결핍된 존재나 상실감을 넘어서 관조적 해석이 뒤따른다. '가난할 줄 아는 시인의 미학'이 그의 시 전반에 깔려 있다는 말. 오로지 낮은 곳으로만 흐르는 물처럼 조용히 자신에 대한 실존적 탐구를 게을리 하지 않는 시적 지평이 아름답다.

> 가을걷이 한창인 들녘
> 알알이 농부들 수고 드러날 때
> 나는 아직 수확할 것이 없다.
> 나름 씨 뿌리고
> 가꿔 왔던 것이
> 나이만 풍년이다.
>
> ― 「심판」 부분

그는 시 「심판」에서 농부를 보고 "나이만 풍년"인 "수확할 것이 없다"는 흉작의 결핍성을 드러낸다. 그래서 자신을 둘러보는 흥작의 원인을 "조목조목 손보고 싶은"
마음을 검증하고 심판하려 한다. 회한의 성찰의식이다.
그가 인식하는 삶이란 가난하고 미천한 것, 무소유의 구
도자로, 빈자의 방랑자로서 늘 허기져 있다. 이러한 세
계 인식은 그의 첫 시집『나는 한 평 남짓의 지구의 세입
자』에서도 그대로 드러난다. 세상에 내 것이라는 것은
존재하지 않는다는 것. 곧 나의 생애란 잠시 지구에 들
른 임차인이 되어 일정 부분 빌려 살다가 떠나가는 존재
라는 것이다. 내 땅, 내 집, 내 물건 등 그저 임대해서 쓸
뿐, 나의 것이라는 소유를 부정한다. 너나 나나 소유에
대한 인식은 어쩌면 자본주의의 과욕이 빚어낸 산물인
것. 무욕의 빈자 정신이 깊게 배어 있다.

> 일 년에 십만 원인 주말농장
> 씨앗 뿌리고 수확하듯
> 이 세상에 임대 아닌 것 없다.
> 직장을 임대하고 이웃 임대해서
> 한평생 품앗이하고 소출하는
> 나이만큼 빌려 쓴 몸 그렇고
> 한때 임대하는 사랑 그렇다.
>
> ─「삶이 삐걱거릴 때」 부분

화자는 일상이 전에 없이 삐걱거리고 흔들릴 때, 무상
으로 빌려준 지구의 넉넉한 마음을 생각한다. 수십 년

살아온 일상이 모두 임대였다는 것. 땅이며 직장, 심지어 사랑한 사람들마저 임대해서 그저 고맙고 미안하다는 것이다. 그러면서도 자신이 주인 노릇을 하지 않았는가에 대한 반성도 덧붙인다. 톨스토이의 단편「콜스토머」에 나오는 주인공 말horse의 꾸지람이 떠오른다. 이 작품은 풀잎이나 나무, 들판과 아내마저도 자기 것이라고 우쭐대는 인간들의 그릇된 소유욕에 대해 비웃고 조롱하는 이야기로 되어 있다. 그러고 보면 이 땅의 소유주는 인간이 아니라, 그곳에서 살아가는 각각의 삼라만상의 모든 생명들이 주인인 셈이고, 그들도 역시 잠시 임차인에 불과한 것이지만.

머리맡에서 윙윙거리는 모기
헌혈 좀 해 달라 보챈다.
말없이 뒷덜미 노리지 않고
고 쪼그만 것이 기특하다.
나무아미타불 통보를 한다.

여름 한철 끼니 해결하러
무단 침입한 생계형 범죄
동승은 허연 볼기짝
새근새근 눈감아 주고

— 「전등사 통신」 부분

"허연 볼기짝"을 내어주는 동승의 모습이 귀엽고 아름답다. 더불어 사는 생명체들의 소중한 인식, 만유일체적 사고는 빈자가 지닌 비움과 채움의 정신이다. 하이쿠 시인 고바야시 잇사는 절간의 부처 앞에서 기도하면서도 모기를 때려죽인다. 자신도 모르게 살생을 금기로 여기는 부처님의 계율을 어긴 것. "머리맡에서 윙윙거리는 모기"의 생계형 범죄를 눈감아주는 동승의 넉넉한 마음에서 화자의 불심까지 읽게 한다.

이성률의 시심에서 빈자적 의식은 세상을 향해 자신을 열어두고 비워두려는 넉넉하고 숭고한 마음의 편린이다. 여기에는 자연의 순리에 대한 외경심, 자연에 대해 순응하는 정신은 물론, 인간사를 생명적이고 친화적인 대상으로 보려는 생기론적 물아일체의 세계관이 깔려 있다. 내가 푸나무가 되고, 내가 새나 바위가 될 수 있다는 만유일체의 세계관, 에코체인의 상상력은 동양인의 생명원리가 아닌가.

산길을 걷다
주위의 나무들을 본다는 것

내게도 두 팔의 가지가 있고
무성한 새순
푸르른 말들이 돋아난다는 것

그렇게 뿌리내리고 한 생애
내 몫의 경전 읽는다는 것.

한 그루 나무 되어
만나는 이들마다 한 움큼
열매 나눠 준다는 것

—「것에 대하여」 부분

　나무는 하늘을 우러르며 바람의 노래를 듣는다. 그리
고 땅의 말씀들을 하늘에 전달한다. 산길을 걷는다는 것
은 곧 그러한 나무들을 만나는 일이다. 나무들은 모여
숲을 이루어 산을 산답게 만들어 간다. 거기에 나의 모
습도 그려진다. 시인은 "나무들을 본다는 것"이란 "내게
도 두 팔의 가지"가 솟고, 나아가 "무성한 새순"으로 자
라, "푸르른 말들이 돋아난다"는 의미로 받아들인다. 한
마디로 생명적 일체감이다. 그리하여 한 생애 "뿌리내리
고" "내 몫의 경전 읽는다"고 하는 자기 성찰의 선적 세
계는 물론, "한 움큼/ 열매를 나눠 준다"는 '보시'의 외
경심까지 드러낸다. 그래서 시구마다 처리된 '것'이라는
각운 처리가 예사롭게 보이지 않는다.
　예부터 민족마다 지상의 나무들을 우주목宇宙木으로 보
고, 신화적 의미를 부여했다. 하늘로 뻗어 가는 줄기나
나뭇가지들을 신의 혼령으로 보았고, 우주를 지탱하고
있는 영험한 존재로 이해했다. 단군신화의 '신단수神檀樹'

가 그렇고, 창세기의 '생명나무'도 그러했으며, 무속에서 '당나무'라는 것도 신의 거처로 보고, 우주적 소통과 생명의 탄생 코드로 인식해 왔다.

이렇게 그가 보는 나무, 산 등의 자연이란 경외심의 대상이자, 인간을 풍요롭게 하면서 성찰의 대상이 되는, 생명적인 거울이다. 그래서 그는 삶이 삐걱거릴 때 산길을 오른다. 그가 찾아간 산의 둘레길도 잠시 빌려다 쓰는 것일 뿐, 해서 기별 없이 찾아간 자신을 아주 미안하게 생각한다.

낙엽 속에서 바스락거리는 노동의 수고
미처 치유의 몸짓 읽지 못한 나는
날 세운 등산화의 행렬에 섞여
정리 해고 통보 받아든 순간처럼
한동안 길을 잃는다.
밀려오는 부끄러움의 멀미
툭 투둑 꺾이는 숲의 관절 소리 들리고
온 산 가득 번진 단풍
숲의 생리혈인 줄 이제야 알겠다.
생각이 노랗고 붉게 무르익어
지상에 화두 내려놓을 때까지
묵묵히 동안거 준비하는 산을 알겠다.

산봉우리에서 뭉게뭉게 유영하는 흰 고래 한 마리
나는 그 아래서 다랑어 되어

지느러미 살랑이며 산을 배웅한다.

－「둘레길」 부분

　가을 산길을 기꺼이 내어 준 것에 감사하는 넉넉한 마음과 부끄러움의 심성, 그리고 낙엽과 숲을 경외심과 섭리의 눈초리로 바라보는 시선이 참으로 따스하고 생명적이다. "낙엽 속에서 바스락거리는 노동의 수고"와 "툭투둑 꺾이는 숲의 관절 소리", 나아가 단풍을 "숲의 생리혈"로 보는 시안의 깊이가 범상치 않다. 보이지 않는 것을 드러내고, 들리지 않는 소리마저 듣는다. 동안거를 준비하는 산의 내밀한 섭리, 비밀까지 들춰낸다는 것. 그래서 시인의 힘은 위대하다. 천기누설죄로 심판받아야 마땅하지 않은가. 특히 마지막 연에서 보여주는 바다로 치환된 상상력은 점입가경이다. 구름을 '흰 고래 한 마리'로 치환시키고, 이를 따라 지느러미를 살랑이며 유영하는 화자가 된 다랑어의 모습. 얼마나 정답고 동심적인가. 연상해 보라. 이래서 치환의 상상력은 시에 역동성을 주고 재미를 더하게 만든다. 마음속에 가을 산과 바다를 모셔오는 시적 자아의 완전한 합치의 열락, 마치 장자의 호접몽을 연상케 하는 전경화의 극치가 아닐 수 없다.

　광어와 난 몸 대 몸
　목숨과 목숨입니다.

끈질기게 매달려 온 삶 같고
비워 줘야 할 시간 다를 바 없는
나도 광어에겐 지느러미 넷 달린 몸입니다.

– 「광어」 부분

시 「광어」에서는 화자가 광어가 되어 "끈질기게 매달려 온 삶"을 이야기한다. 김선태 시인의 「복어회 명인」이란 시가 있다. 일본 시모노세키 복어횟집에서 한 명인이 회를 떴는데, 살만 떼어낸 복어를 수족관에 넣으니 앙상한 뼈로 유영하더라는 것이다. 그러면서 접시에 담긴 제 살점을 집어먹는 손님들을 빤히 쳐다보더라는 것. 복어의 처지에서 보면 황당하다 못해 분통을 터트릴 일이 아닌가. 이 시에서도 광어 입장에서 보면 "누가 누구를 발가벗겼다는 말처럼/ 자존심 상할 일"임에는 틀림없는 일. 광어가 바로 나이고 내가 광어인 '물아일체'의 사물관, 굼벵이나 물소도 나의 한 몸인 것. '네가 영원한 나'인 생명적 상상력은 우주가 내 신체의 연장물로 관계되어 있음을 극명하게 드러낸다.

너를 보면서 우린
핸드백이나 지갑 떠올리는 동안
너는 두 발로 서 있는 우리
못내 안쓰러워한다.
허리께에서 마냥 들떠 있는

나머지 두 발 불안스레 바라본다.

늘 위태로운 길 걸어야 하는 비극

— 「물소」 부분

　이성률의 시 정신은 물질을 관통하고, 세계 속에 자신
이 있음을 증명해 낸다. 하이데거가 휠데린의 시를 통하
여 존재의 화두를 규명해 가고자 했듯이, 이 시인은 이
러한 세계 내 존재 속의 실존적 인식에서 만유일체의 따
스한 생명의식을 읽을 수 있게 한다. '물소'에서 핸드백
이나 지갑을 떠올리고, 두 발의 물소와 인간을 동일시하
는 시적 세계관이야말로 그의 시에서 볼 수 있는 생기론
적 상상의 힘이다.

　이성률 시인의 연민의식과 생명적 일체감은 시적 대상
에 대한 주관적 개념의 소산인 것. 이를 메를로 퐁티에
대입하면 '우주적 살' '세계의 살la chair'과 상통한다. 나와
시적 대상 속에 화자의 육화된 의식이 가득 채워져 있다
는 것. 그 대상이 곧 화자의 하늘이고 나무이며, 화자의
바람도 되고, 화자의 공기가 되기도 한다. 그래서 이 시
인의 시상은 세계와 한몸을 이루는 감각작용이요, 세계
와의 생기론적 교감으로써 영원한 실존을 지향한다. 이
런 점에서 기독교 문명사에서 배태된 창세기의 '다스리
고 정복하는 주종관계'의 자연이 아니다. 오로지 노자의
'무위자연'이나 장자의 '물아일체', 그리고 동양사상의
'원융회통적 생기론적 윤회의식' 같은 생명의식, 빈자의

일체무차별상의 시안에 닿아 있는 것이다.

> 내게서도 새소리 날 때 있었다.
> 서쪽 하늘로 돋는 날개
> 어깻죽지 펼쳐 들고
> 기러기 되어 날아갈 때 있었다.
> 그때의 내 부리는 비만이 아니었다.
> 내 것이 아닌 말 콕콕
> 쪼지 않아 넉넉한 지저귐이었다.
>
> 어느 날 문득
> 하늘이 그리운 것은 그래서다.
> 기억의 한 조각 여전히 끼룩거려
> 휘파람 불며 서성이는 게다.
>
> — 「휘파람」 부분

나아가 시 「휘파람」은 존재의 무한한 확대를 꾀하고자 하는 시인의 내면의식이 읽힌다. 새나, 곤충, 동물들은 저마다의 울음소리를 통하여 자신의 감정을 드러내고 이웃과 소통한다. 그것이 인간존재의 틀에서 보면 말과 글로 대체될 것이다. 화자는 점점 세속화되어가는 자신의 존재감을 성찰해 간다. "베란다에서 듣는/ 놀이터 꼬마들의 재잘거림"이나 나의 몸통에서 울려 나오는 "새소리"는 아주 순진무구하며 원초적인 본래적 자기의 모습이다.

새는 하늘에 산다. 천상 세계의 하늘에서 사는 새는 소망이고 기원이며, 비상의 역동성을 품고 있다. 나름 지저귀는 새의 '새소리', 인간은 휘파람으로 비상을 한다. 하늘로 비상하는 휘파람. "문득/ 하늘이 그리운 것은" '본래적 자기'를 찾고자 하는 실존의식의 발로이다. 이는 깨달음 속의 사유에서만이 가능한 것. 현실에 밀착될수록 그저 속물적 인간이 되어갈 수밖에 없는, 비본래적 인간으로서의 비애는 우리를 지배한다. 그래서 본래적 회감의 기원이 담겨있는 "기억의 한 조각 여전히 끼룩거려"는 화자의 노력이며, 그것은 곧 "하늘이 그리운 것"으로 생명적 소망의 잠재의식으로 나타날 수밖에 없다.

흘러간 과거를 둘러보는 일은 소중하고 아름다워 늘 그리움의 대상이 된다. 거기엔 자아상실의 현실에서 본래적 자기에로의 숭고한 회귀의식이 숨어 있다. 그래서 "휘파람을 불며 서성이는" 화자는 나를 불러내고자 하는 코드로 작용한다.

**유통기한의 사랑학, 그 애증이 의미하는 것**

한 인간의 삶은 사랑의 역사다. 탄생부터 시작되는 사랑, 부모의 사랑과 형제애, 남녀 간의 사랑, 우정, 신에 대한 사랑 등 다양한 사랑의 감정을 주고받다가 이승을 떠난다. 그러나 사랑의 순례자인 인간은 늘 새로운 사랑을 찾아 헤매는 영원한 미아이다. 그리고 순간순간 완벽한 사랑, 영원한 사랑을 다짐하고 소원하지만, 일정 기간 지나면 또 충족되지 않는 사랑의 길 위에서 때론 방황하면서, 반추하고 미로를 탐색해 간다. 그리하여 희로애락으로 이어지는 일상사를 지배하면서 끊임없이 후회와 아픔, 좌절과 희열, 고독과 그리움의 정한을 쏟아내며 치열한 삶의 게임을 벌인다.

　　살면서 번번이 어긋난 길
　　예식장에 들어서기 전
　　틀어졌다면 좋았을 것을
　　결혼 전에 헤어진
　　여자들만 운 좋았다.

　　지지리 복 없는 년
　　그대 말 맞다.

−「그랬다면 좋았을 것을」 부분

　　처음부터 왜 말하지 않았느냐고
　　술잔 내려치지 마라.
　　이제껏 그대가 보아 온 거
　　펭귄 맞으니까.

　　난 너무 변했다는 말
　　넌 변하지 않은 것처럼 말하지 마라.

그러잖아도 내 삶 충분히 콜록거렸다.
그대와 나란히 걸어도 뒤뚱거렸다.

—「사랑」 부분

우리들의 사랑이란 오독과 시행착오의 연속인 것 같다. 기대에 어긋난 사랑, 지켜주지 못하는 사랑, 그래서인지 위 두 편의 시에서는 진정성 뒤에 숨은 까칠한 사랑의 실체를 토로한다. 사랑하는 사람들은 서로 달콤한 사랑의 실체를 꿈꾼다. 하지만 그 실체는 "사는 게 불장난"(「갈림길에서」)처럼 허상, 환상으로 바뀐다. 그 환상인 실체를 취하는 순간부터 또 다른 사랑의 허상을 쫓게 된다는 것. "바다표범"인 줄 알고 쫓았지만, "펭귄", 혹은 그 다른 무엇이었던 것이다. 그건 상대방도 마찬가지일 것이다. "어느 순간 뱀이었다 싶은 찰나/ 지나고 보면 도마뱀이었던 것"(「오늘도」)으로 헛물만 챙겼을지 모르는 사랑이고, 서로 변질되어 "그대와 나란히 걸어도 뒤뚱거렸다"는 갭이 존재하는 회한의 사랑이다. 하지만 사랑하지 않으면 안 되는 사람은 사랑하는 사람을 못 만나면 또 괴로운 것. 괴롭다고 해도 사랑을 찾아 나서는 것이 인간의 본능이다.

이참엔 네가 떠난다니
모처럼 잘 생각했다.
편식은 무엇이나 해로운 법

한 가지 사랑만 해서야 쓰겠는가.
남은 세월 주름질수록
사랑보다 더한 만찬 있겠는가.

－「고백」부분


이미 프로가 된 당신
링 안의 나보다 관중 의식합니다.
비용 대비 수익 걸핏하면 들먹입니다.
신혼은 일시 복용하는
생의 비아그라였던 셈
대전료 두둑한 상대 만나고 싶어 합니다.


오늘도 자정 넘어
링 밖에 머물러 있는 당신
무슨 요리 준비하면 되나요.
위자료볶음에 연금분할무침
새콤달콤 간 밸 때까지
당신 등골 빼먹으면 되나요.

－「링」부분


　사랑은 새로운 먹이를 찾아가는 불나비와 같은 것이
다. 그리고 그때그때 "설설 끓는 뚝배기"와도 같은 것이
다. 그래서 음반을 바꾸어 듣는 것처럼, 이별과 만남의
연속이다. 그 사랑의 만찬은 또 다른 만찬을 기다리는
'갈아타기'와 같은 것. 달콤한 사랑을 영원처럼 쫓지만,

"업그레이드된 사랑"을 위해 수없이 갈아타기를 시도한다는 것이다. 그리고 보면 시편 속에서의 '사랑'은 늘 자본의 놀음과 같은, 프로 복싱의 '링' 속에서 행해지는 사랑, 치고 빠지는 복싱의 생리처럼 기회를 엿본다는 것. 이별을 전제로 하는 덧없는 사랑이 아닌가. '링' 안에서 화자는 "양파처럼 남자도 요리"되고, "더러 투덕투덕 잽"이 오가되 관중을 더 의식하는 사랑, "위자료볶음에 연금분할무침"에 관심을 두는 물질화, 계량화된 사랑, "새콤달콤 간 밸 때까지/ 당신 등골 빼먹으면" 되는 기회주의적인 사랑을 고발한다. 혹시 오늘날의 변질된 사랑에 경종을 울리고 싶은 걸까. 진정한 사랑이 고갈된 우리 시대의 사랑을 고발하고 싶은 걸까?

쟈크 라캉이 말하는 '사랑'이란 욕망의 신기루에 지나지 않는다. "인연의 끈 닿는 우리"로서 완벽한 사랑, 영원한 사랑을 늘 꿈꾸지만, 그건 '허상' '신기루'에 불과한 것, "인연처럼 싱거운 것"(「과속」)으로, 기표만 붙들고 늘어질 뿐인 것이다. 그래서 '그대가 곁에 있어도 또 다른 그대가 그리운 것'이다. 인생이 외롭고, 그립다고 하는 것, 아픔의 연속이라는 것은 이와 무관치 않다.

무릎을 마주한 어선 두어 척
갯벌에 앉아 머리 흩날리고
협궤 열차 침목마다 싸락싸락
연인들의 가녀린 평화 깃들까.

나란히 지나온 시간 아득히
다리 위에서 길을 잃은 레일
우리 모습일 줄 몰랐다.
-「그곳엔 노을이 지지 않는가」 부분

나는 당신께 죄인입니다.
언제나 당신과 빛나고 싶었으나
다짐처럼 빛낼 수 있으리라 믿었지만
봄날의 정원에 내려앉은 나는
잠시 다녀가는 햇살이었습니다.
여름 한철 달아오른 매미였습니다.
〈중략〉
돌아볼수록 멀리 온 우리 사랑
운명이라 해도 죄가 잠들지 않는
용서로 출감할 날 언제일지
나는 지조 잃은 무기수입니다.
밤마다 채권 추심하러 오는 하얀 불면
오늘은 소주 한 병에 두부 한 모가
단골손님 다독여 줄지 모르겠습니다.
-「사랑 전상서」 부분

떠난 사랑은 늘 회한과 그리움을 낳는다. 끊어진 철로, 돛을 펼치지 못하고 포구에 정박 중인 배, 단절된 사랑의 아픔을 화자는 철로와 정박 중인 배를 통해 환기시킨다. 그래서 지금 화자의 사랑은 "남루한 내 그리움"이라는 정서로 남아 있다.

밀란 쿤데라의 소설 『참을 수 없는 존재의 가벼움』은 무엇이라고 정의할 수 없는 사랑의 개념에 대한 이야기다. 이 소설은 역사와 시대의 상처를 짊어지고 살아가는 네 남녀의 서로 다른 사랑 이야기로 펼쳐지는데, 사랑의 의미와 무의미, 사랑의 구속과 자유, 윤회성 등 사랑이라는 존재의 가벼움과 무거움에 대해 다양한 화두를 던진다.

살아가는 사람들만큼이나 저마다 사랑학을 짊어지고 시험하는 것 같다. 시 「꿈꾸는 밤」에서도 사랑에 대한 고뇌와 갈증의 내면이 읽힌다. "조심스럽게 길 가다/ 어둠 속에서 반짝이는 말들"을 찾아가는 사랑의 여정, "사연이 되고 빛이 되는/ 칠흑 같은 밤" 속에서도 "맘만이 환한 밤"이기를 소망할 뿐, 사랑은 늘 고뇌적 대상일 수밖에 없다.

> 당신 사랑은 유통 기한 지나지 않았나요
> 그래도 이 세상엔 우리 편 많다고
> 떠나간 사랑 출가시켰다 생각하라며
> 남은 시간 위로해 줄 수 있나요
> 수익률 곰곰이 따져 보면
> 사는 거만큼 괜찮은 펀드 어딨냐며
> 하이파이브해 줄 수 있나요
>
> − 「사랑합니다」 부분

시 「사랑합니다」는 홀가분히 떠날 수 있겠다는 '마음 비우기'와 위로받고 싶은 '마음 채우기'라는 양면적 사랑의 존재 양식을 보여준다. 원래 사랑이란 소유와 구속이라는 속성을 지닌다. "유통기한 지나지 않았나요"라고 물을 수가 있는가? '사랑의 유통기한'이 있기나 한 것일까. 대개는 붙박이 사랑을 원한다. 하지만 현실은 그렇지 않다. 죽을 때까지 수없는 대상의 교체라는 기표의 놀음. 그것이 사랑이 아닌가. 그렇게 사람들은 순간순간 사랑을 의식하고 체험하며 살아간다.

　　낯익은 사랑이 아니면 좋겠다.
　　더듬이 걸쳐놓고 느끼는 대로
　　너는 나를 읽고 나는 너를 읽고.

　　읽다 보면 간혹
　　찢어진 페이지 있을 것이다.
　　대신 채워 주고 싶은 유혹
　　군데군데 눈에 띌 것이다.
　　그렇더라도 집착 말자
　　사랑보다 앞서
　　너는 너다워야 할 일.

　　더러는 마음의 행간 잘못 읽고
　　덜그럭덜그럭 두어 해

낯선 시간 배회하다 와도
푹 삭힌 홍어처럼
온몸 찡하게 하는 사람 되자.

– 「그러면 좋겠다」 전문

사랑의 출발은 '너'와 '나'의 낯선 관계 속에서 벌어지는 순간의 감성에 있다. 베르그송은 이 순간에서 벌어지는 '생의 충만'을 높이 샀다. 사랑은 시간이 흘러 가까워지면서 점점 낯익어 간다. 당사자들의 동질성이란 접점은 절대로 존재하지 않는다. "사랑보다 앞서 너는 너다워야 할 일" "더러는 마음의 행간 잘못 읽고"하는 것이 사랑이다. 지나친 소통의 열망은 집착에 빠지고, 급기야는 소유하려 든다. 사랑은 깊은 공유행위 속에서 일체감을 느낄 수 없을 때 단절감으로 고무줄처럼 끊어지기도 하지만, 내밀한 비밀까지 무모하게 합치된다면 너무 느슨해서 탄력을 잃게 되어 다리가 끊어지게 마련이다. 곧 사랑은 적절한 텐션, 장력이 존재해야 한다. "더듬이 걸쳐놓고 느끼는 대로/ 너는 나를 읽고 나는 너를 읽고"하는 과정인 것. "더러는 마음의 행간"인 간격, 거리를 두고 서로의 차이를 인정해야 한다.

사랑의 행위란 섬과 섬 사이에 다리를 놓는 험난한 일이다. 여기에서 당사자들은 철학자의 눈과 심리학자의 마음이 되어야 한다. 들쭉날쭉한 섬의 모양이며, 바다의 깊이를 헤아려야 한다. 서로의 차이를 인정하고 교감할 때, "푹 삭힌 홍어처럼" 성숙한 사랑을 가꾸어 갈 수 있지 않은가. 사랑은 익어가는 것이고 과정의 다름 아니다. 연둣빛 사과에서 검붉은 달콤함으로 변해가다가 시들시들 낙과하는 사과의 일정이 사랑이다. 그 색깔들의 차이, 그 변이의 여정이 사랑이다. 차이성 속에서 교감하는 사랑, 그런 관계성의 차이로 효소가 발효될 때, 낯선 새로움으로 다가설 때, 홍어처럼 톡 쏘는 참맛을 얻을 수가 있을 것이다.

이성률의 시편들에는 빈자貧者로서의 고뇌와 회한의 시정이 파노라마처럼 펼쳐진다. 세속화된 내면의 개인사적 욕망과 이기적인 사랑의 파편적 허위를 고스란히 들춰내면서 더 큰 사랑이 무엇이고, 인간존재의 의미가 무엇인가에 대한 깊은 화두를 던진다. '시 속에서 말'을 건네고, '마음의 귀'를 열어가는 시적 행보는 세밀하고 대범하다. 일상사에서 포착한 대상을 되새김질하여 생명적으로 소통하는 시상에서 비움과 채움의 시선은 상큼하고 신선하다. 특히 개인사적인 시안詩眼의 성찰의식을 우주적인 통찰로 승화시켜 원융회통의 자연관 내지 노장老莊적 깨우침의 아포리즘으로 여운을 주는 그의 시편들은 천의무봉天衣無縫의 시향을 맛보게 한다.